CB028101

SOU EU!

João Gilberto Noll

SOU EU!

estudos

Alexandre Matos

editora scipione

Apresentação

Michel Laub

Existe a crença de que a literatura para o público jovem, ou mesmo para adultos, deve ser "fácil". Ou seja, as histórias devem ser diretas, com início, meio e fim definidos, e os personagens devem aparecer claramente em suas virtudes e suas fraquezas. Quem defende essa ideia diz que só assim se consegue prender o leitor, fazê-lo concentrar-se numa forma de arte – a palavra escrita – que sempre parece mais lenta e menos espetacular que a concorrência – e aqui se incluem o cinema, a TV, os *games*, a internet, enfim, tudo o que disputa nosso raro tempo livre no mundo de hoje.

Não é uma teoria absurda, mas pena que ela exclua um dos grandes prazeres que a leitura sempre proporcionou: a possibilidade de descobertas menos imediatas, os tesouros escondidos por trás do que aparenta ser dificuldade, densidade, mistério. É essa aventura no desconhecido, acessível para quem tiver curiosidade e um pouco de persistência, que ajudou a fazer da obra de João Gilberto Noll uma das mais estudadas e premiadas na literatura brasileira contemporânea.

Noll nasceu em Porto Alegre, em 1946. Na infância queria ser cantor, e de alguma forma a música impregnou a linguagem de seus livros – desde a estreia, com o volume de contos *O cego e a dançarina* (1980), até o mais recente romance, *Acenos e afagos* (2008), passando por títulos como *A fúria do corpo* (1981), *A céu aberto* (1996) e *Lorde* (2004). Isso é visível em boa parte de suas frases, que não se limitam a reproduzir a maneira como as pessoas "falam", mas vão além: nelas há uma atenção ao ritmo e à melodia das palavras que é típica da poesia, mas também da composição musical.

Em *Sou eu!* podemos encontrar exemplos, como nesta passagem, cuja cadência é marcada pela alternância de períodos longos e curtos, pontuados por vírgulas exatas:

> E olhava-se no espelho como a pedir ao rosto que lhe mirava um socorro em surdina, até um empurrão quem sabe, pois ele, sem ajuda, era lento em demasia para extrair de si um futuro razoável, com barba, músculos, um beijo em certa mulher que ele conhecia desde sempre, um beijo na borda dos olhos, de onde lágrimas lentas escorriam provavelmente de uma dor que só aos dois falava.

Ou nesta, em que a melodia traz tanto o peso da repetição de palavras quanto a leveza do som constante da letra "v":

> O vento tangia, tangia, e eles se deixavam tanger, até que se adiantaram para além do vento, porque a tarde desenhava vagamente uma promessa de que atravessariam, ainda naquele dia, a fronteira entre a inocência e o entendimento.

Além da linguagem trabalhada, Noll sempre se preocupou em fugir de modelos tradicionais na maneira como conta as histórias e constrói personagens. Em vez de criar tipos que se enquadram em rótulos comuns – o herói, o vilão, o sábio, o tolo, o são, o louco –, ele com frequência junta esses diferentes atributos na mesma personalidade. Novamente o que pode parecer complicado, pelo menos à primeira vista, na verdade é uma forma precisa de mostrar como somos: às vezes de um jeito, às vezes de outro, às vezes de vários ao mesmo tempo.

No caso de *Sou eu!*, a mistura é importante porque o livro trata das transformações que todos sofremos no momento em que estamos prestes a sair da infância/adolescência e entrar na idade adulta. Nesse "limiar de um mundo novo", quando se "escuta o que ainda não *(se)* sabe escutar", é comum que alternemos medo e coragem, dúvida e decisão, antes de tomarmos o caminho que vai definir aquilo que somos. É o que está em jogo na trama do livro, o rito de passagem que o protagonista busca na memória de um banho de rio que tomou quando menino, durante as férias numa cidade do interior. Uma história que Noll conta de forma também oscilante, indo e vindo no tempo e no espaço, para que tenhamos a alegria de nos perder na dúvida sobre o que é verdade, o que é fantasia, o que aconteceu mesmo ou o que foi apenas sonho.

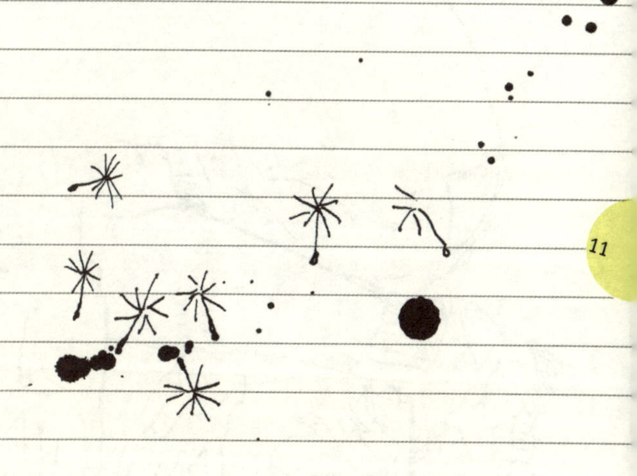

Michel Laub nasceu em Porto Alegre, em 1973. Escritor e jornalista, é autor dos romances *Música anterior* (2001), *Longe da água* (2004), *O segundo tempo* (2006) e *O gato diz adeus* (2009), publicados pela Companhia das Letras.

Ele era simplesmente assim.
Menino urbano em férias na perdida Ribeirão do Alto, a olhar as nuvens imperiais do verão, e se sentia aéreo, distante, mesmo estando à flor da Terra como todos os mortais.

Ao fundo, a paisagem se exprimia em barro avermelhado e encostas verdejantes. Dois cães vadios fuçavam em ramos que rolavam sob o vento sóbrio, pouco mais que brisa, soprando para aliviar as severas horas do estio.

De repente estava ali seu colega campesino, e isso ele viu porque observava distraído a marca de uma ferradura no barro revolto, quando surpreendeu pouco adiante as unhas dos pés do amigo com o escuro de terra nas beiradas.

Um na frente do outro, pareciam de início irmãos meio titubeantes, em razão de suas origens diversas, enraizadas, para um, no mato, para outro, na cidade grande.

Mas logo, logo as diferenças se misturavam e eles pareciam de novo vivendo certa fantasiosa lembrança de uma mesma infância, mesmo que ambos já estivessem com um pé na adolescência.

A manhã se fazia som no canto estridente das cigarras.

Eles se mostravam pontuais para o combinado: um mergulho no rio.

Puseram-se a andar pela estrada em direção ao banho nas águas azuladas do rio, rio a insinuar ser íntimo do mar. As margens da discreta correnteza eram ladeadas por copas frondosas.

Eles já tinham chegado na beira. Tiraram as camisas. Elas ficaram lado a lado sobre a relva. Mais cigarras cantavam, enquanto os dois pisavam no lodo escorregadio do fundo.

Presenças paralelas e encardidas dos dois ficaram ali, estiradas na grama rude. Tinham o odor concentrado de suor. Essas camisas saberiam esperar pelo corpo em carne e sangue de cada um.

De súbito os garotos se jogaram inteiros na água, a arremessar os braços tanto para a frente como para os lados, como se só

conseguissem nadar no fluxo fluvial daquela maneira por vezes melancolicamente engraçada, pois por mais que encenassem uma locomoção aquática fluente, não saíam do lugar.

De supetão deram para saltar. Os corpos estavam cobertos de gotas peroladas, e dos lóbulos pendiam ínfimos pingos-d'água feito brincos, onde se viam refletidas as cores do quase ápice do dia.

O som estabanado que a água produzia, com os braços e pernas, escancarava a euforia até ali subentendida. Euforia não só dos dois, mas de toda a Natureza em volta. As folhas filtravam a luz do sol.

Num determinado ponto das copas, porém, o sol atropelava as sombras, criando um baita buraco por onde mergulhava atingindo com força as folhas secas do solo.

Sim, em torno, as árvores, o horizonte, os tufos de capim, o próprio céu pareciam dilatar a sua beleza para se oferecerem especialmente àqueles dois a dar caldo um no outro, soltando risadas, sem a mínima ideia de que havia ao redor uma suspensão do tempo ao infinito.

E era bom mesmo que os dois não verificassem nada e só soubessem saltar, rir, assobiar, se desmanchar e regressar mais uma vez ao estado de vigília, para se recompor e descansar.

O menino das cidades era simplesmente assim. Às vezes procurava apoio em triviais reminiscências para se recuperar do excesso de lazer, como aquele de Ribeirão do Alto, nas ondas do verão.

Um rapaz de barba recentíssima, que ainda não sabia vislumbrar a cara que teria no futuro próximo, quando enfrentasse enfim mais o dia como adulto.

Por isso agora ele estava ali, na frente do espelho. Passava o aparelho de barbear do pai pelos dois lados da face. E se sentia ainda incapaz para o novo rosto que custaria a brotar.

Por isso estava ali, tentando raspar o buço, para que, como uma planta que renasce mais forte pela poda, a barba pudesse se instalar definitivamente e em seu semblante revelar um homem já completo. Ele era simplesmente assim.

E olhava-se no espelho como a pedir ao rosto que lhe mirava um socorro em surdina, até um empurrão quem sabe, pois ele, sem ajuda, era lento em demasia para extrair de si um futuro razoável, com barba, músculos, um beijo em certa mulher que ele conhecia desde sempre, um beijo na borda dos olhos, de onde lágrimas lentas escorriam provavelmente de uma dor que só aos dois falava.

Ele era simplesmente assim. Mas se pudesse trocar o seu papel com o de outro, ele diria, eu quero, sim, e depois de horas voltaria sôfrego ao espelho para conhecer o súbito estranho que encarnava agora o seu papel de outrora.

Por um momento achou que a imagem turva no espelho embaçado poderia pertencer a seu amigo dos campos em flor.

Mas era ele quem continuava na frente

do espelho, com a cara de sempre. Teria de se acostumar com o fato de ocupar continuamente o mesmo corpo. E dele não poderia se extraviar jamais.

Chegou a se ver lavando o rosto como se quisesse tirar o pó das manhãs de férias ao ar livre, em Ribeirão do Alto, terra natal do pai.

Repentinamente voltou à companhia do menino caipira no verão radioso. E bateu com cuidado no próprio rosto, como uma reprimenda pela evasão no instante em que contracenava com o pequeno sertanejo.

Ele o reconheceu também. Talvez não tenha percebido que o seu colega das cidades tivesse se ausentado um tempo por suas veredas mentais.

Notaram que nas vizinhanças do rio balançavam dolentes as copas de um misterioso bosque escuro. E cheio de uns quase túneis formados por troncos tortuosos, a enviar ameaçadoramente um certo aroma de sumiço.

Quem tinha entrado e não soubera sair? De dentro daqueles túneis vinha um lamento nada soturno, mas algo assemelhado a uma arcaica, arrastada canção.

Olhou para o camarada campesino e viu que ele já tinha retornado ao rio, de onde parecia jamais ter saído, como sempre, em plena ação. O garoto das cidades, ao contrário, tinha a sensação de que se atrasara não sabia para quê.

Encarou disfarçadamente o matagal escuro, espécie de navio a dar como que um sentido de viagem àquele bosque secreto.

Sim, o garoto das cidades não se movimentava tanto. Parava e contemplava cada coisa. E depois ficava todo confuso quanto à ordem dos acontecimentos. O que viera antes? E depois?

Agora precisava reassumir a imagem do pequeno caipira e com ele ir em frente, já.

Sim, agora os dois se encontravam nas águas, pisavam no terreno viscoso do fundo do rio, dando saltos, piruetas, cambalhotas, em euforia infinita. Nenhum dos dois imaginara viver tamanha alegria.

Não eram apenas os dois a ter euforia.

Toda a Natureza se extasiava. Com isso ganhava uma forma à beira de sair de si para encarnar nos dois meninos que no momento davam caldos um no outro, como se fossem os dois únicos filhos da espécie.

O menino da cidade saiu do rio, sentou na margem e tentou se concentrar mais uma vez no seu próprio eixo. Mas no momento era difícil voltar para dentro de si mesmo. Viu que sua vida de verão seria mesmo aquela alegria desvairada com o garoto campesino.

Aferrado aos próprios pensamentos, aos pequenos tormentos diários da cidade, ele deixaria passar a festa daquele dia ensolarado, uma festa a que ele fora convidado sem saber quem era o anfitrião.

O guri dos campos, ah, o guri dos campos parecia continuar intacto em sua alegria, cuspia longe para ver até onde ia a saliva e subia o terreno íngreme da margem em direção ao companheiro de férias de quem ele nunca soubera o nome.

Uma rã saltou na lama das bordas do rio.

Os dois, de onde estavam agora, não conseguiriam ver.

A rã deu um novo salto, o papo amarelado em enérgica pulsação. Até ela tinha pinta de estar satisfeita. Num átimo sumiu, deixando o vazio em volta meio desapontado com a ingratidão do bicho.

Um pouco desse desapontamento ficou pairando sobre os meninos, mas não chegou a descer de vez, pois não tinha força para mergulhar em quem quer que fosse, ainda mais nos dois garotos em estado de graça solar.

Os meninos apenas deitaram um pouco na relva. Tinham amarrado as camisas na barriga, já que vesti-las num calor daqueles seria insensato e nenhum deles gostaria de destoar do encaminhamento natural das coisas.

A hora já deveria ultrapassar o meio-dia. A tarde ia ainda mais radiosa que a manhã. Os pais de cada um haveriam de compreender a ausência das crianças no almoço. Eles retornariam com os traços ainda inebriados pela fonte que nem saberiam nomear.

Outra rã saltou na margem. De novo, fora do raio de visão dos dois. Mas nada mesmo se fazia necessário. Naquele instante do dia um olhar ou a falta dele não poderia acrescentar nenhuma qualidade à excelência de tudo.

Estava ali a rã, dando mais um salto e sumindo de vez. Os garotos rolavam pela relva, cuspiam para o alto, se sujavam a valer.

Um deles se levantou e riu, bobamente, como se quisesse puxar algum assunto que os fizesse rir ainda mais.

O outro também se levantou. E os dois puseram-se a olhar um ponto da correnteza azulada. O espaço para onde olhavam coagulou-se como que por encanto.

Eles estavam sendo presenteados. Poderiam coagular qualquer instante do rio. E uma verve silenciosa se apossou do íntimo de cada um.

Na tarde já madura os dois pouco falavam. Mas queriam saber, um do outro, para onde se dirigiriam depois. Acontecera uma pane em seus itinerários. Eles precisavam restaurar alguma destinação.

Caso pudessem empurrar o destino da jornada para bocadinho mais adiante, eles se entregariam à viagem de volta. Lá pela madrugada quem sabe, talvez em plena alvorada.

Os dois pegaram de novo a estrada. E um vento milagroso despontou, um vento a tanger os dois jovens cidadãos em vésperas da adolescência.

O vento tangia, tangia, e eles se deixavam tanger, até que se adiantaram para além do vento, porque a tarde desenhava vagamente uma promessa de que atravessariam, ainda naquele dia, a fronteira entre a inocência e o entendimento.

Eles caminhavam, pela estrada empoeirada, certos de que não encontrariam ninguém no trajeto. O menino dos campos se pôs a cantar uma canção sobre o feitiço de uma camponesa frente às frutas do auge do verão, oferecidas por um viajante repentinamente apaixonado.

O garoto das cidades escuta o que ainda não sabe escutar. Tenta ser uma voz complementar,

mas de fato desconhece aquele tom meio
antigo da canção, como não havia mais lá no
turbilhão de onde viera, turbilhão que naquela
tarde pelo menos ele queria anestesiar.

Lá vinha um cão a correr pela planície toda
amarela de flor. Ele vem em direção ao menino
dos campos, vem, e quando chega perto salta de
alegria, salta de contentamento, de júbilo,
de tudo, salta!

O menino rural se agacha e o cachorro põe-se
a lamber a sua fisionomia, até o rapaz ficar
com os traços meio desbotados, quase a ponto
de desaparecer.

O cão se assusta com o aspecto desfigurado
do dono, se afasta, mas logo volta a passar
a língua no rosto do menino que então, sim,
se refaz da momentânea falta de traços
definidos, adquirindo tons profundos que
levam o bicho a se afastar, em sinal de
apreciação, a latir, a latir, como quem falasse
uma linguagem de exaltação, dedicada a um
menino que pensava apenas em andar com
seu amigo das cidades, num rumo em que

pudessem brincar, se despedir da brincadeira para nunca mais, não?

Mas aquele dia não teria fim. Eles jamais precisariam lembrar dessas horas resplandecentes porque elas jamais se apagariam, com uma força inesgotável.

Se eles de fato não se dispersassem, talvez conseguissem chegar ao mar, no outro lado de Ribeirão do Alto.

Correriam até as ondas e o cão atrás, a latir, latir até deitar seu pelo areia na areia e assim se confundir com a praia e tudo mais. Seus dois padrinhos se jogavam na onda, e gelados ressuscitariam para voltar aos céus daquele dia.

Mas por enquanto se encontravam na estrada de retorno do rio, e o dia parecia ainda prometer tanto que não seria possível que entrassem, ao fim da jornada, na casa de cada um e lá fossem sentar à frente da TV, e desse posto se dirigissem tontos até a cama, quando se jogariam no travesseiro com o odor empedernido de seus usuários.

Olhem os dois verificando mais uma vez o bosque à beira da estrada. Parecia de fato um navio vegetal, compacto ao extremo, ali, chamando para alguma coisa que ninguém naquela tarde afogueada tinha condições de supor.

A mata sumária era mesmo escura. Os dois rapazes se olharam e resolveram, sem uma única palavra. O cão pelo jeito não quis acompanhá-los. Parou. O menino dos campos bateu com a mão na perna, para proibir o receio do bicho.

O cachorro se aproximou e contemplou mais uma vez a expressão do dono. O menino dos campos floridos cuspiu, para selar a ordem que precisava impor ao bicho.

Os três caminhavam agora decididos. Ao chegarem às bordas do bosque, os dois amigos passaram os pés na relva, como se os passassem em um capacho na frente de uma porta frontal.

O cachorro aguardava qualquer sinal do menino do sertão. Os padrinhos do bicho sentiam a ideia turva. E uma tonteira. Indagaram silenciosamente se isso era decorrência da falta de almoço. Talvez fosse mais que isso.

O cão mirava o breu profundo de um túnel entre as árvores. Não piscava. Lacrimejava até de tanto forçar a vista para o interior do arco onde aparentemente pulsava uma secreta ausência de luz.

O garoto das cidades notou a seus pés um coco verde com um talho aberto na vertical. Achou que esse corte traumático na fruta poderia lembrar uma cesariana.

Curvou-se e viu que lá dentro havia o mesmo extremo negror que percebera antes, ao mergulhar no mais fundo do rio.

Estonteou-se então, e antes de sofrer um sumiço por aquela fenda ele regressou de chofre ao núcleo mínimo de seu coração.

Precisou tatear com as duas mãos pelas paredes de sua nova vigília, pois não a reconhecera de imediato.

Percebeu que tudo se apresentava nítido até nos mais ínfimos detalhes.

Estava em si mesmo novamente, sabia mais uma vez dominar a noção das coisas ao redor.

Os dois amigos passaram então a linha de entrada do túnel. O cão veio atrás.

O bicho emitiu um esboço de latido, mas logo recuou, parecendo adivinhar que naquela escuridão havia uma ordem que jamais reconheceria em seu latir alguma mensagem ou qualquer utilidade.

Fazia frio lá dentro. Dali em diante a aventura para os dois não estaria mais no sol e no rio, mas no mistério daquela escuridão.

Fazia muito frio. Os dois rapazes se aproximaram um do outro. Descobriam que os corpos emanam calor.

Então se aproximaram um do outro e passaram a usufruir de um equilíbrio térmico entre o verão lá fora e a temperatura pouco gentil daquele concentrado de breu.

Havia um aroma de rosas, mas um aroma com um quê de guardado, parecendo resistir além de sua validade, para atender talvez a um soberano desejoso de um perpétuo perfume.

Em que lugar das trevas se escondia essa escusa majestade?

Soberano? Não seria melhor falar em déspota? Os dois amigos tiveram ao mesmo tempo o primeiro calafrio.

O cachorro às vezes rosnava em surdina, sem fé em seu potencial de fúria. E havia como expressar a fúria naquela falta em forma de trevas?

Foi quando no lago negro um barco começou a se mover e aproximar. De início o garoto das cidades pensou estar diante de um evento cenográfico. No barco havia um homem de pé, com um candeeiro na mão. A embarcação atracou bem em frente aos dois amigos.

Sem dizer palavra, o barqueiro fixou o olhar no menino dos campos em flor. Mais ele não precisava fazer. O menino, dos misteriosos bosques de Ribeirão do Alto, entendeu, entrou na canoa se equilibrando para não cair.

O cão foi atrás. O menino de Ribeirão do Alto estremeceu. Sentou. Olhou para o amigo das cidades e logo fez um sinal ao barqueiro de que podiam partir. Ele tomava as rédeas da travessia.

Naquele instante o garoto urbano compreendeu que não tinha chegado sua hora. Mesmo que ali ainda não soubesse abarcar o significado da evasão negra do seu colega de aventuras solares, mesmo assim ele concluíra ter sido salvo. Apenas pela sorte, nada mais.

Havia algum merecimento no fato de seu corpo ter ficado retido naquela margem inóspita? E por acaso ele poderia garantir que o novo destino de seu amigo era inferior ao dele?

Se ele fosse o escolhido para a viagem noturna estaria onde agora? O certo é que duvidava seriamente da chance de rever o pequeno caipira.

Percebeu que já tinha perdido a fisionomia do cara. Olhou para as próprias mãos para pelo menos confirmar sua presença e viu que suas veias latejavam, obedecendo à antiga pulsão de sua sina.

Quando voltasse pegaria a única foto do pequeno caipira que ele tinha, acenderia uma vela no breu.

Ali, no movimento das sombras na parede, o amigo caipira dançava, até o companheiro urbano assoprar a chama e o ambiente voltar à escuridão do bosque.

Foi quando o menino urbano percebeu que lá na outra margem do lago negro alguém o olhava na penumbra de tudo, alguém que ele ia agora identificar, quem sabe...

Foi, sim, com grave impacto que o garoto das motos e avenidas viu que se tratava justamente de sua própria face. Sentiu um calafrio e recuou um, dois passos.

Parecia uma quebra entre o rapaz da poeira da estrada e o garoto urbano que sempre se imaginara o único. Tinham sido uma pessoa só?

Davam-se conta disso só agora?

Tão logo ele iniciou em suas reflexões, a imagem do outro lado do lago negro voltou a ser de quem ela pertencia: do menino caipira, uma criança grande que só

entraria para a escola agora, em março
daquele ano.

Analfabeto, embora quase adulto. O pequeno
caipira aprenderia enfim a ler e a escrever.
Quem sabe se mudasse então para
a cidade grande e ali se transformasse em
mais um garoto urbano?

Quando no futuro o rapaz citadino estivesse
publicando seu primeiro livro, ele viria a
Ribeirão do Alto para presentear seu amigo
com um exemplar da narrativa.

O livro com certeza contaria as peripécias
de dois garotos em um único dia de verão,
entre o fim da infância e o limiar de um
mundo novo.

O garoto do rio e das cigarras colocaria
os olhos nas palavras e viajaria por elas
até encontrar um personagem que muito se
assemelharia a ele próprio, um leitor.

Esse cara fecha o livro, deita em sua cama e
adormece, pois prevê que adormecendo poderá
voltar à história de um dia de verão, quando
recebe o convite de um barqueiro que o levará.

Mas o garoto urbano continua na paisagem em negro. No outro lado do lago não há mais a sua imagem nem a do amigo de Ribeirão do Alto.

Só agora o animal urbano percebe que a superfície do lago parece feita de um gigantesco manto de plástico negro.

A superfície sofria aqui e ali de sopros vindos de baixo, provocando leves ondulações, exatamente como num lago qualquer sob um vento de verão.

O menino deu-se conta da lua que se refletia na outra margem.

A paisagem se suavizava. O menino urbano ouviu um soluço seco que talvez pudesse ter sido produzido por ele mesmo.

Preferiu acreditar que havia alguém por ali. O garoto dos bosques voltaria? Os dois continuariam pela jornada como se nada tivesse acontecido? E de onde recomeçariam?

O colossal plástico preto a interpretar um lago teve uma reviravolta, começou a se encrespar mais, aqui e ali parecia um verdadeiro mar, tão intensas, sim, eram

as ondas que vinham arrebentar aos pés do jovem solitário.

Aquele cenário se tornava inóspito. O jovem solitário deveria iniciar a operação de retirada, sem saber se lá fora ainda era dia ou se a noite já tomara conta de Ribeirão.

O que diria em casa?

Como explicaria o sumiço do amigo?

Procurou se desvencilhar de alguns ramos de árvores difíceis de serem visualizados, tal o breu em volta. Súbito, ele avistou a luz lá fora. Dia claro, pensou com extremo alívio e entusiasmo.

Não teria de retornar ao seu cotidiano em meio à noite.

Tudo se complicaria se chegasse do bosque nas horas mortas, os pais com os olhos esbugalhados, recém-acordados pelo filho pródigo, egresso de uma terra trevosa e polar, onde tinha hibernado com o amigo sem alguma razão para esse exílio, salvo a atração insensata por aventuras radicais.

O jovem caminhava agora pela estrada e se sentia um pouco cansado. Contemplava a poeira provocada por seus passos, como se analisasse um fragmento do mundo com alma própria.

Repentinamente, parou. A poeira descia. O ar de novo, transparente. E na transparência cristalina ele viu.

Viu o amigo dos campos a olhá-lo atrás de uma cerca. O rapaz urbano aproximou-se. E os dois se olharam sem dizer palavra.

Os dois se perguntaram ao mesmo tempo se a realidade estava ali, cada um de um lado da cerca, ou se na noite que invadiu o bosque e os tomou.

O cão veio correndo e latindo, em festa. Um bicho são e salvo.

O rapaz urbano mirou fundo os olhos do amigo e indagou calado se ele era aquele caipira mesmo ou esse daqui, do outro lado, esse garoto em temporada de férias na terra do pai. Poderia tirar a limpo essa questão?

Lembrou a figura que o olhava do lado de lá do lago negro. Fitava-o com o mesmíssimo rosto dele, o contemplado. Exatamente como num espelho.

Logo, porém, o menino do sertão reapareceu na remota margem das águas. Reaparecia e ao mesmo tempo se escondia, difícil de explicar.

O garoto dos viadutos e baladas foi se afastando e continuou seu caminho rumo à casa de veraneio dos pais.

Caminhava... caminhava..., pegou uma pedra e a jogou. Correu, e começou a se sentir revigorado.

Ao chegar ao jardim na casa dos pais tirou os sapatos para que seus pés pudessem de fato se acalmar.

Desde sua meninice a terra ali era fofa e quente.

Ele deixara como bom estabanado o portão aberto. Com um pé de vento o portão voou para o trinco e fez um barulho de acidente fatal.

A mãe então veio à varanda e perguntou quem era.

Entre os dois existia uma profusão de plantas.

Ele observou as próprias mãos: pareciam as de sempre, sem embaralhá-lo com qualquer outra identidade. Mãos nessas alturas adultas, prontas.

Escutou a algazarra de um recreio em uma escola das imediações... e pensou que enfim estava livre da infância.

A mãe repetiu, “Quem é?”.

Ele então encheu o peito e exclamou, “Sou eu!”.

Arquivo pessoal

O autor

João Gilberto Noll publicou o seu primeiro livro em 1980. Era *O cego e a dançarina*, de contos. Com ele ganhou os prêmios Jabuti, o do Instituto Nacional do Livro e o da Associação Paulista de Críticos de Arte. Depois disso, escreveu vários outros títulos e recebeu inúmeros prêmios.

Seus livros mais conhecidos são *A fúria do corpo* (1981), *Bandoleiros* (1985), *Hotel Atlântico* (1989), *Harmada* (1993), *A céu aberto* (1996), *Lorde* (2004) e *Acenos e afagos* (2008).

Foram adaptados para o cinema o conto "Alguma coisa urgentemente" (*Nunca fomos tão felizes*, direção de Murilo Salles) e os romances *Harmada* (*Harmada*, direção de Maurice Capovilla) e *Hotel Atlântico* (*Hotel Atlântico*, direção de Suzana Amaral).

João Gilberto Noll deu cursos sobre literatura brasileira na Universidade da Califórnia em Berkeley. Foi escritor-visitante na Universidade de Londres (King's College), onde escreveu seu romance *Lorde*.

O ilustrador

Alexandre Matos é um jovem artista plástico paulistano. Em 2006 ganhou o prêmio de “Melhor Escultura” no Salão de Arte de Mairiporã e foi selecionado para a Bienal Internacional do Recôncavo Baiano, da fundação holandesa Dannemann. Em 2008 participou da Mostra Sesc de Artes. Ministra cursos de artes em seu ateliê em São Paulo, onde também trabalha como ilustrador e *designer*. O endereço do seu *site* na internet é www.alexandrematos.com.

Gerente editorial
Sâmia Rios

Editor
Adilson Miguel

Editora assistente
Fabiana Mioto

Revisoras
Gislene de Oliveira e Tânia Oda

Editora de arte
Marisa Iniesta Martin

Projeto gráfico
Marisa Iniesta Martin

editora scipione

Av. Otaviano Alves de Lima, 4400
6.º andar e andar intermediário Ala B
Freguesia do Ó
CEP 02909-900 – São Paulo – SP
DIVULGAÇÃO Tel.: (0xx11) 3990-1810
CAIXA POSTAL 007
VENDAS Tel.: (0xx11) 3990-1788
www.scipione.com.br
e-mail: scipione@scipione.com.br

2010

ISBN 978-85-262-7569-0 – AL
ISBN 978-85-262-7570-6 – PR

CL: 736812

1.ª EDIÇÃO
2.ª impressão

Impressão e acabamento
Corprint Gráfica e Editora Ltda.

Dados Internacionais de Catalogação na Publicação (CIP)
(Câmara Brasileira do Livro, SP, Brasil)

Noll, João Gilberto
Sou eu! / João Gilberto Noll; ilustrações de Alexandre Matos. – São Paulo: Scipione, 2009. (Escrita contemporânea)

1. Ficção – Literatura infantojuvenil I. Matos, Alexandre. II. Título. III. Série.

09-06583 CDD 028.5

Índices para catálogo sistemático:
1. Ficção: Literatura infantojuvenil: 028.5
2. Ficção: Literatura juvenil: 028.5

Este livro foi composto em American Typewriter e Underwood, impresso em papel Pólen Bold 70g em 2010.

ISBN 978-8526275690
9 788526 275690